AF431751

تريندز للبحوث والاستشارات
TRENDS RESEARCH & ADVISORY

الاستقرار النقدي والمالي
في منطقة اليورو.. تحديات وآفاق

د. محمد زيدان

ورقة سياسة 21
فبراير 2023

مركز تريندز للبحوث والاستشارات

يُعـد مركـز تريـندز للبحـوث والاستشـارات مؤسسـة بحثيـة مستقلة تأسس عام 2014، ويهتم باستشـراف المستقبل في جوانبه الاسـتراتيجية والسياسـية والاقتصاديـة، وتتبـع القضايـا العالميـة المختلفـة. كـما يهـدف المركـز إلى تحليـل الفـرص والتحديـات عـلى مختلف الصعد الجيوسياسـية الراهنة، وما تحمله مـن متغـيرات محتملـة، مـع محاولـة إيجـاد إجابـات وتفسـيرات علميـة وموضوعية مـن شـأنها المسـاهمة في التأثـير في اتجاهـات الأحـداث مـع مراعـاة نواحـي التحليـل والنقـد والاستشـراف.

ويقـدم المركـز مـن أجـل تحقيـق غاياتـه العلمية، دراسـات رصـينة ذات أبعـاد استشـرافية مسـتقبلية، ويطرح أفضـل البدائـل الممكنة لمسـاعدة صنّـاع القـرار في معرفة التطورات الإقليميـة والدولية بشـكل أعمـق، والاسـتفادة ممـا توفـره مـن فرص. كما يقـوم المركـز برصـد الاتجاهـات والتغيـيرات الاسـتراتيجية والاقتصاديـة والإقليميـة والدوليـة، بشـكل أعمـق، والاسـتفادة ممـا توفـره مـن فرص، والتنبـؤ بآثارهـا المسـتقبلية، وذلـك وفـق الضوابـط العلميـة المتعـارف عليها دوليـاً لـدى أعـرق مراكـز التفكير والبحـث العلمـي.

المحتويات:

ملخص تنفيذي

في ظل المكانة الرائدة التي تحتلها منطقة اليورو في العلاقات الاقتصادية الدولية، فمن الطبيعي أن ما تواجهه من تحديات ينعكس مباشرة على أوضاع الاستقرار والنمو العالمي. ومن هنا تنشأ أهمية تحليل التحديات التي تواجه هذه المنطقة الاقتصادية ومحاولة الاستشراف الدقيق لمستقبل أدائها الاقتصادي.

ولقد استهدفت هذه الدراسة الوقوف على أهم التحديات التي تجابه منطقة اليورو منذ بداية التطبيق العملي للتكامل النقدي وظهور العملة الأوروبية الموحدة «اليورو» في الأسواق. ولتحقيق هذا الهدف، انقسمت الدراسة إلى ثلاثة محاور أساسية. إذ انطلقت في محورها الأول من دراسة ظروف النشأة ومراحل تطبيق العملة الأوروبية الموحدة، مع التركيز على اتفاقية ماستريخت للتكامل الاقتصادي والنقدي. ثم استعرضت الدراسة في محورها الثاني التداعيات التي تركتها الأحداث الإقليمية والدولية على دول منطقة اليورو. وانصبّ اهتمام المحور الثالث من الدراسة على أهم ما يواجه منطقة اليورو من تحديات في ظل عصر اليورو، وخصوصًا إشكالية تنسيق السياسات النقدية والمالية لدول منطقة اليورو وضرورة تعزيز قواعد الحوكمة.

وانطلاقًا من النتيجة الرئيسية التي توصلت إليها الدراسة بأن وجود بنك مركزي أوروبي أفضى إلى وجود تنسيق منضبط للجوانب النقدية على درجة عالية من الكفاءة والفعالية، وهو عكس الحال في السياسات المالية التي لا توجد فيها سلطة مالية موحدة تناظر السلطات النقدية لمنطقة اليورو؛ فإن الدراسة قد انتهت إلى أن توافر قواعد للحوكمة الرشيدة هي الضرورة الواجبة

لـكي تتجنب منطقـة اليـورو اسـتمرار التعـارض بـين السياسـتين الماليـة والنقديـة مـع تفاقـم المخاطـر التـي تهـدد الوحـدة النقديـة للمنطقـة. فبالرغـم مـن اسـتيفاء دول منطقـة اليـورو لـشروط التقـارب بـين مؤشرات الاقتصـاد الكلـي التـي أقرّتهـا معاهـدة ماسـتريخت، فـإن زعزعـة الاسـتقرار المـالي تنعكـس دائمًـا عـلى سـلامة الأداء النقـدي، وخصوصًـا مـع غيـاب التنسـيق في السياسـات الماليـة المطبقـة، وعـلى رأسـها النظـام الضريبي وأنظمة الأجور والمعاشات والحماية الاجتماعية.

واتصالًا بهـذه النتيجـة الرئيسـية، خلصـت الدراسـة إلى أن إعـادة النظـر في مضمـون اتفاقيـة ماسـتريخت التـي أسسـت لقيـام الاتحـاد النقـدي الأوروبي، خاصـة فيــما يتعلــق منهـا بمهـام البنـك المركـزي الأوروبي وسـلطته ومعايـير التقـارب الاقتصادي، وضرورة إيجـاد آليـة لتنسـيق السياسـات الاقتصاديـة لمواجهة التحديات الاقتصاديـة الراهنـة لمنطقـة اليـورو، وأهميـة وضـع ميثـاق لحوكمـة السياسـة الاقتصاديـة المتبعـة مـن قبـل دول المنطقـة، لتحقيـق الانسجام بينها - مثلـت كلها عوامـل ذات أثر حاسـم في سـلامة التكامـل القائـم فيـما بينها واسـتمراره في المسـتقبل طويل الأجل.

مقدمة

تعـد منطقـة اليـورو القـوة الاقتصاديـة الثانيـة في العالـم بعـد الولايـات المتحـدة الأمريكيـة، وتمثـل مجموعـة الاتحـاد الأوروبي التـي تتعامـل باليـورو بوصفـه عملـة موحـدة. ومـن مجمـوع 27 دولـة في الاتحـاد الأوروبي، عوضت 19 دولـة يبلـغ عـدد سـكانها قرابـة 340 مليـون نسـمة عملتها الوطنيـة باليـورو، والـذي بـدأ تداولـه بوصفـه وحـدة نقديـة في بدايـة عـام 2002. وكانـت آخـر هـذه الـدول ليتوانيـا، التـي انضمـت لمنطقـة اليـورو في بدايـة ينايـر2015، بينـما سـتنضم كرواتيـا إلى الاتحـاد النقدي في بدايـة عـام 2023.

وبعـد مـرور عقديـن عـلى اسـتخدام اليـورو بوصفـه عملـة موحـدة، فـإن فضـاء اليـورو لم يعـرف أي اسـتقرار عـلى المسـتوى المـالي والنقدي؛ فقـد أشـار صنـدوق النقـد الـدولي في تقريـره الصـادر في يونيـو 2010 إلى أن أزمـة منطقـة اليـورو تعـود إلى السياسـات المنتهجـة مـن بعـض الـدول الأعضـاء، والتأخـر في معالجـة خلـل النظـام المـالي وضعـف الحوكمـة. وركـز التقريـر عـلى الإصلاحـات الضروريـة في نظـام الحوكمـة الاقتصاديـة والماليـة في المنطقـة، حتـى تتحقـق المسـؤولية الماليـة الجماعيـة التـي تتطلبهـا كفـاءة عمـل أي اتحـاد نقـدي. وقـد أبـرز التقريـر مجاليـن للإصلاحـات، أحدهـما التركيـز عـلى فـرض الانضبـاط في الإنفـاق ومعالجـة الاختـلالات الاقتصاديـة الكليـة (التركيـز عـلى السياسـة الماليـة)، والآخـر ضرورة إرسـاء قواعـد تنظيميـة ورقابـة أكـثر اتسـاقًا للنظـام المـالي الأوروبي ليشـمل مجـال إدارة الأزمـات ومعالجتهـا، لتدخـل ضمـن إطار الحوكمة الواجب تبنيه.

وعلى الرغـم مـن إقـرار صندوق النقد الـدولي بأهمية التحـرك مـن قِبَل صنـاع القـرار في أوروبا لمواجهـة الأزمـات المتعاقبـة، فـإن إدارة الأزمـات حسـب الصنـدوق ليسـت بديـلًا لإجراءات تصحيحيـة في السياسـات الاقتصاديـة المتبعـة من قبل الدول الأعضاء لتعزيز استقرار النظام النقدي الأوروبي.

وفي هـذا الصـدد أقـر رئيـس البنـك المركـزي الأوروبي آنـذاك (جـون كلـود تريشي) في يوليو 2011 بـأن منطقـة اليـورو تعـاني مشاكل في الحوكمـة علـى مسـتوى السياسـات الوطنيـة. وأقـرت أيضًـا اسـتراتيجية أوروبـا 2020 المعتمـدة في 2018 بضرورة تحسين الحوكمة وتنسيق السياسات الاقتصادية بين الدول الأعضاء.

وتحـاول هـذه الدراسـة إبـراز أهميـة التـزام دول منطقـة اليـورو بقواعـد الحوكمـة، لتتمكـن مـن تنسـيق سياسـتها الماليـة والنقديـة لمواجهـة الأزمـات والتحديات الراهنة. ولمعالجة الموضوع تنقسم الفقرات الآتية إلى ثلاثة محاور:

- المحور الأول: العملة الأوروبية الموحدة، النشأة ومراحل التطبيق؛

- المحور الثاني: تداعيـات الأحـداث الإقليميـة والدوليـة علـى دول منطقـة اليورو؛

- المحـور الثالـث: إشكالية تنسـيق السياسـات النقديـة والماليـة لـدول منطقة اليورو وضرورة تعزيز قواعد الحوكمة.

أولًا: التكامـل النقـدي الأوروبي والعملـة الموحـدة.. مختصـر النشـأة ومراحل التطبيق

ترجع بدايـة التعـاون النقـدي بيـن المجموعـة الأوروبيـة إلى عـام 1957، إذ أدركـت الـدول الأوروبيـة السـت الموقعـة علـى معاهـدة رومـا في 25 مارس1957 (معاهـدة إنشـاء السـوق الأوروبيـة المشـتركة) أهميـة التعـاون فيمـا بينهـا لدعم

التكامـل الاقتصـادي والتنسـيق في مجـال السياسـات النقديـة. وفيمـا يـلي أهـم ملامـح التطور في التكامل الأوروبي:

1 - مراحل إنشاء الاتحاد الاقتصادي والنقدي الأوروبي:

بذلـت الـدول الأوروبيـة الموقعـة عـلى معاهـدة رومـا جهـودًا كبـيرة لتحقيـق الوحـدة الاقتصاديـة والنقديـة خـلال عـشر سـنوات ابتـداءً مـن 01 ينايـر 1971 عـبر ثلاث مراحل، وهي[1]:

- المرحلـة الأولى 1971-1973: عملـت الـدول الأعضـاء خـلال هـذه المرحلـة عـلى تضييـق تقلبـات سـعر الصـرف فيمـا بينهـا في حـدود 6%، 6+%، وتنسـيق السياسـة الضريبيـة، وكذلـك إلغـاء القيـود عـلى تحـركات رؤوس الأمـوال بشـكل تدريجـي، وأيضًـا اتخـاذ موقـف موحـد في العلاقـات النقديـة الدوليـة، بالإضافـة إلى دعـم السياسـة النقديـة والائتمانية وتنسيقها.

- المرحلـة الثانيـة 1974-1978: تـم في هـذه المرحلـة إنشـاء «صنـدوق الاحتياطـي الأوروبـي المشـترك» الـذي يُنقـل إليـه جـزء مـن احتياطيـات الذهـب والعمـلات الأجنبيـة للـدول الأعضـاء، كمـا تـم تقييـم التقـدم الـذي تـم خـلال المرحلـة الأولى ونتائـج كل مـن الاندمـاج الاقتصـادي والنقدي.

- المرحلـة الثالثـة 1979-1980: خـلال هـذه المرحلـة تـم التحديـد النهـائي للمسـائل المتعلقـة بـإدارة الاتحـاد النقـدي والاقتصـادي، وكذلـك الهيئـات الـتي تنتقـل إليهـا السـلطات النقديـة مـع تحديـد اختصاصاتها.

---

1. بنـك مـصر (1997)، الوحـدة النقديـة الأوروبيـة (النشـأة، المراحـل والمسـتقبل)، النشـرة الاقتصاديـة، العـدد 1، القاهرة، ص ص48-49.

إلا أن مسيرة الوحدة الأوروبية تأخرت بسبب الاضطرابات النقدية الدولية نتيجة إعلان الولايات المتحدة الأمريكية، في أغسطس1971، عن مجموعة من الإجراءات النقدية، أهمها وقف تحويل الدولار إلى ذهب.

وفي ديسمبر 1978 أقرّ رؤساء دول المجموعة الأوروبية وحكوماتها إنشاء نظام النقد الأوروبي الذي يقوم على ثلاثة أسس رئيسية، وهي[2]:

• الأساس الأول هو آلية سعر الصرف: تم الاتفاق على هذه الآلية بين محافظي البنوك المركزية لكل من بلجيكا والدنمارك وفرنسا وألمانيا وأيرلندا ولكسمبورغ وهولندا وإيطاليا في مارس1979، وتعدُّ هذه الآلية ركيزة النظام النقدي الأوروبي، مع وجوب محافظة كل دولة من دول المجموعة الأوروبية على سعر صرف عملتها مقابل عملات باقي دول المجموعة، بحيث لا يزيد هامش التغيير عن 2.25% صعودًا ونزولًا.

• الأساس الثاني يتمثل في آليات الائتمان: في حالة مواجهة أي دولة لصعوبات مالية بسبب عجز ميزان المدفوعات أو عجز الموازنة، تقوم بقية الدول الأعضاء بمنحها تسهيلات ائتمانية بشكل تلقائي. ونظرًا إلى اختلاف الأوضاع الاقتصادية لدول المجموعة الأوروبية، وخصوصًا العوامل المؤثرة في سعر صرف العملة، فقد تطور مفهوم آليات الائتمان المستخدمة في إطار نظام النقد الأوروبي لتشمل الأنواع الثلاثة الآتية من التسهيلات:

- التسهيلات الائتمانية قصيرة الأجل؛

____

2. بنك مصر (1997)، المرجع السابق، ص 51.

– الدعم النقدي قصير الأجل؛

– المساعدات المالية متوسطة الأجل.

● الأسـاس الثالـث يتمثـل في وحـدة النقـد الأوروبيـة «الإيكـو ECU»: وهي عبـارة عـن سـلة عمـلات تتكـون مـن كميـات محـددة مـن عملـة كل دولـة عضـو في المجموعـة الأوروبيـة، وأوزان نسـبية لـكل عملـة تختلـف باختـلاف الوضـع الاقتصـادي وقوتـه واستقرار العملـة بالنسـبة إلى كل دولة.

2 - الوحدة النقدية في إطار معاهدة ماستريخت:

في إطـار السـعي نحـو تعزيـز التكامـل الاقتصـادي والنقـدي بـين دول المجموعـة الأوروبيـة، فقـد تـم التوقيـع عـلى معاهـدة ماسـتريخت أو معاهـدة الاتحـاد الأوروبي في مدينـة ماسـتريخت بهولنـدا الواقعـة عـلى الحـدود الهولنديـة-الألمانية-البلجيكيـة في 7 فبرايـر 1992، ودخلـت تلك الاتفاقيـة حيـز التنفيذ[3] اعتبارًا من الأول من نوفمبر 1993.

وقـد وضعـت المعاهـدة شروط التحـول للعملـة النقديـة الأوروبيـة الواجب توافرهـا في الـدول الأوروبيـة التـي تريـد الانضـمام إلى منطقـة اليـورو. وللوصـول إلى تحقيـق هـذا الهـدف، فقـد أقرت اتفاقيـة ماسـتريخت أن تحقيـق العملـة الموحدة يمر عبر ثلاث مراحل، هي[4]:

---

3. يرجع تأخـر تنفيـذ بنودهـا إلى تأخـر قبـول الدنماركيـين للمعاهـدة وشروطها، وبسـبب قضيـة دسـتورية رفعـت ضدها في ألمانيا.

4. مغـاوري شـلبي (2000)، اليـورو.. الآثـار عـلى اقتصـاد البلـدان العربيـة والعالـم (القاهـرة: مكتبـة زهـراء الـشرق)، ص ص11-12.

- المرحلــة الأولــى: تبــدأ في 1 ينايــر 1990 وتســتهدف التحريــر الكامــل لتحركات رؤوس الأموال.

- المرحلــة الثانيــة: تبــدأ في 1 ينايــر 1994 وركــزت علــى إنشــاء مؤسســة النقد الأوروبي لتحــل محــل لجنة محافظي البنوك المركزية وصنــدوق تعاون النقد الأوروبي.

- المرحلــة الثالثــة: تبــدأ في 1 ينايــر 1998 وفيهــا يقــوم الاتحــاد النقــدي بقبــول عضويــة الــدول المســتوفية لــشروط اتفاقيــة ماســتريخت، ويتــم الإعــلان عــن مولــد وحــدة النقــد الأوروبيــة وتثبــت عندهــا عمــلات الــدول الأعضــاء بصــورة نهائيــة، وينشــأ مــع بدايــة هــذه المرحلــة كل مــن النظــام الأوروبــي للبنــوك المركزيــة (ESCB) والبنــك المركــزي الأوروبــي (ECB).

3 - دوافع قيام الوحدة النقدية الأوروبية:

ســعت الــدول الأوروبيــة منــذ توقيــع معاهــدة ماســتريخت في فبرايــر 1992 إلى تحقيق حلم الاتحــاد النقدي الأوروبي وإصدار عملــة أوروبيــة موحدة. وتتلخص دوافع أوروبا من خلال التوقيع على المعاهدة في تحقيق الأهداف الآتية[5]:

- جعــل دول منطقــة اليــورو قوة اقتصاديــة تنافس الولايــات المتحدة الأمريكيــة، التــي أصبحــت تهيمــن علــى العالــم بعــد انهيار المعسكــر الاشتراكي في بداية التسعينيات من القرن الماضي؛

- دعم الاستقرار الداخلي والخارجي الأوروبي؛

---

5. بنك مصر (1999)، العملــة الأوروبيــة الموحــدة: النشــأة ومراحــل التطبيــق والآثار المتوقعــة علــى الاقتصــاد الــدولي والمصري، النشرة الاقتصادية، العدد 7، القاهرة، ص ص 15-16.

- خفض تكاليف التحويل من عملات دول الاتحاد الأوروبي إلى غيرها؛

- سهولة انتقال رؤوس الأموال بين دول الاتحاد الأوروبي في ظل عملة أوروبية موحدة؛

- إيجاد سوق مالية أوروبية أكثر جذبًا للمستثمرين.

4 - أهداف معاهدة ماستريخت:

هدفت المعاهدة إلى تحقيق جملة من الأهداف السياسية والاقتصادية والاجتماعية. وتتمثل أهم الأهداف الاقتصادية فيما يلي[6]:

- إنشاء سوق مشتركة واتحاد اقتصادي ونقدي؛

- العمل على استقرار الأسعار وتدعيم السياسة الاقتصادية لدول المجموعة؛

- تأمين التنسيق الجيد بين السياسات المالية لحكومات الدول الأعضاء لإيجاد مزيج مناسب بين سياساتها الاقتصادية.

5 - شروط الانضمام إلى منطقة اليورو:

بدأ العمل بنظام الاتحاد النقدي الأوروبي منذ بداية 1999، وذلك بمشاركة إحدى عشرة دولة عضوًا في الاتحاد الأوروبي هي: فرنسا، ألمانيا، بلجيكا، لوكسمبورغ، هولندا، إسبانيا، أيرلندا، فلندا، إيطاليا، اليونان، البرتغال، النمسا. فيما ظلت كل من بريطانيا والدنمارك والسويد خارج نطاق منطقة اليورو. وانضمت اليونان متأخرةً، بعد تحسن أوضاعها الاقتصادية واستيفائها شروط

---

6. صارم سمير (1999)، اليورو (دمشق: دار الفكر المعاصر للطباعة والنشر والتوزيع)، ص 91.

اتفاقيـة ماسـتريخت. وقد وضعـت معاهـدة ماسـتريخت للـدول الأعضـاء في الاتحـاد الأوروبي وثيقـة (معايير التقـارب أو ميثـاق الاسـتقرار) للانضـمام إلى الوحـدة النقديـة الأوروبية، وتتمثل فيما يأتي[7]:

5-1 المعايير النقدية: وتشترط هذه المعايير:

- ألا يتجـاوز معـدل التضخـم حـدود 1.5% مـن متوسـط معـدل التضخـم في أكثر من ثلاث دول من دول الاتحاد تمتعًا بالاستقرار في الأسعار؛

- أن يكـون تحـرك العملـة في الحـدود المسـموح بهـا في آليـة ضبـط صرف عمـلات دول الاتحـاد لفتـرة لا تقـل عـن سـنتين، دون اللجـوء إلى سـعر العملة مقابل أيّ من عملات الدول الأخرى الأعضاء في الاتحاد؛

- لا يتـم قبـول أي دولـة للعضويـة في الاتحـاد النقـدي، إلا إذا كانـت عملتها عضوًا في آلية ضبط الأسعار التابعة للنظام النقدي الأوروبي؛

- ألا تتجـاوز معـدلات الفائـدة طويلـة الأجـل في أي دولـة عضـو حـدود 2% مـن متوسـط المعـدل المذكـور في أكـثر مـن ثـلاث دول أعضـاء في الاتحاد، تمتعًا بالاستقرار في الأسعار.

5-2 المعايير المالية: وتشترط:

- -ألا يتجـاوز عجـز الموازنـة العامـة في أي دولـة عضـو في الاتحـاد حـدود 3% من الناتج المحلي الإجمالي لهذه الدولة؛

7. Dévoluy, Michel, (1996), L'Europe monétaire du SME, la monnaie unique, Paris: Edition Hachette, p.139.

- ألا يتجاوز الدَّيْن العام لأي دولة حدود 60% من الناتج المحلي الإجمالي لهذه الدولة.

وقد تم منح الدول المعنية فترة انتقالية لتحقيق هذه الشروط، بدأت في الأول من يناير 1994 وانتهت في 31 ديسمبر 1998، وبدأ العمل بالعملة الجديدة ابتداءً من يناير1999، وتم طرح العملة الجديدة للتداول في الأول من يناير 2002.

6 - توسيع منطقة اليورو:

في الأول من يناير 2002 تم تداول اليورو في 11 دولة يزيد عدد سكانها على 300 مليون نسمة. فبعد أن استوفت اليونان الشروط المنصوص عليها في معاهدة ماستريخت، انضمت إلى الاتحاد النقدي في 1يناير2001. وفيما اختارت كل من بريطانيا والدنمارك والسويد الإبقاء على عملاتها الوطنية، انضمت الدنمارك بعد استفتاء شعبي في بداية 2005. ثم توسعت منطقة اليورو لتضم سلوفينيا في بداية عام2007، ومالطا في بداية عام 2008، وسلوفاكيا في الأول من يناير 2009، وإستونيا في بداية يناير 2011، ولاتفيا في يناير 2014 وليتوانيا في يناير 2015، فيما ستنضم كرواتيا مع بداية يناير 2023، ليصل عدد الدول الأعضاء في المنطقة إلى 20 دولة. ولقد شكّل توسيع العضوية في منطقة اليورو خلافًا بين الدول الأعضاء، إذ تعارض بعض الدول انضمام دول جديدة نتيجة بطء تنفيذ الإصلاحات المطلوبة واستيفاء معايير اتفاقية ماستريخت.

ثانيًا: تداعيات الأحداث الإقليمية والدولية على دول منطقة اليورو

يحلل الجزء الآتي التعاقب التاريخي للأحداث الإقليمية والدولية على منطقة اليورو، ويبحث في التداعيات التي خلفتها على اقتصادات هذه المنطقة، سواء تعلق الأمر بالمؤشرات المالية أو بالمؤشرات النقدية.

1 - تعاقب الأحداث الإقليمية والدولية على منطقة اليورو:

واجه الاتحاد النقدي الأوروبي جملة من التحديات بعد فترة قصيرة من تأسيسه، نتيجة الأزمات الإقليمية والدولية المتعاقبة. فالأزمة المالية العالمية لعام 2008، والتي كان لها تأثير واضح على الاقتصاد المالي (البنوك والمؤسسات المالية) والاقتصاد الحقيقي (القطاعات المنتجة) لدول المنطقة، مثلت اختبارًا حقيقيًا لمدى قوة الاتحاد النقدي الأوروبي. تلت ذلك أزمة الديون السيادية التي انطلقت شرارتها في أكتوبر2009، ومست مجموعة من دول منطقة اليورو، وفي مقدمتها اليونان التي بلغت مديونيتها في نهاية عام2011 نحو 160.8% من الناتج المحلي الإجمالي، ثم إيطاليا بنحو120.1%، ثم البرتغال بنحو 106.8%، وأيرلندا بنحو 105%[8]. ونتيجة تفاقم الأزمة، اتفق وزراء الاقتصاد والمالية على خطة إنقاذ بقيمة 750مليار يورو، أسهم فيها كل من صندوق النقد الدولي وصندوق الإنقاذ الأوروبي وآلية الاستقرار المالي الأوروبي[9]. وأعلن البنك المركزي الأوروبي عن برنامج استثنائي لإعادة شراء ديون دول منطقة اليورو[10].

وقد أدى انسحاب بريطانيا من الفضاء الأوروبي في عام 2016 إلى نشوء تهديدات حول تماسك الاتحاد الاقتصادي والنقدي الأوروبي. إذ شهد الاجتماع المنعقد بشكل غير رسمي في بروكسل انقسامًا بين الدول الأعضاء حول إمكانية تقديم تعويض، هدفه التكامل الأوروبي نتيجة انسحاب بريطانيا من الاتحاد الأوروبي، والمقدر بنحو 15 مليار دولار[11]. كما كان لجائحة كورونا «كوفيد 19» مع

---

8. بنك الإسكندرية (2012)، أزمة منطقة اليورو: التحول من وهج الانتصار إلى مخاطر الانهيار، العدد 1، المجلد 62، مطابع الأهرام، القاهرة، ص 23.

9. المرجع السابق، ص 24

10. ديش فاطمة الزهرة (2019)، تنسيق السياسات النقدية والمالية في منطقة الاتحاد النقدي الأوروبي: دراسة حالة أزمة الدّين السيادي، مجلة البشائر الاقتصادية، المجلد 5، العدد 3، جامعة بشار، الجزائر، ص 8.

11. مزاني ياسينة راضية (أبريل 2019)، الانسحاب البريطاني من الاتحاد الأوروبي: الدوافع والانعكاسات، مجلة العلوم السياسية والقانونية، المجلد 10، العدد 1، جامعة الوادي، الجزائر، ص1012.

بداية عـام 2020 الأثـر الواضـح علـى اقتصاديات دول المنطقـة مـن خـلال تراجـع النمـو الاقتصادي. وقـد تـم اعتماد خطة إنعـاش غيـر مسبوقة بمبلغ قـدره 750 مليـار يـورو، منهـا 390 مليـار يـورو في شـكل إعانـات، وذلـك لمواجهـة تداعيـات الإغلاق الذي سببته الجائحة[12].

وقبـل أن تتعافى هـذه الاقتصاديات مـن تداعيـات جائحـة كورونـا، اشـتعلت الحـرب الروسـية-الأوكرانية في فبرايـر 2022، وعمقـت مـن أزمـة دول منطقـة اليـورو، وكان لهـا وقـع كبيـر علـى السياسـات النقديـة والماليـة. فارتفعـت الأسعار وخاصـة أسعـار الطاقـة، رافقهـا ارتفـاع قياسي في معـدل التضخـم فـاق كل التوقعـات. ومثلـت التحديات الاقتصاديـة لهـذه الحـرب اختبـارًا آخـر لمـدى متانـة الوحـدة الاقتصاديـة والنقديـة الأوروبيـة، كـما كانـت المواقـف غيـر الواضحـة لقـادة دول المنطقـة تجـاه الحـرب الروسـية-الأوكرانية عامـلًا إضافيًـا في التأثيـر علـى الاتحـاد النقـدي. كـما سـيكون لصعـود التيـارات القوميـة اليمينيـة المناهضـة للاتحـاد الأوروبي (النمسـا، والسـويد وإيطاليا مؤخـرًا) وتناميهـا نتائـج ملموسـة علـى مسـتقبل دول الاتحـاد الأوروبي بوجه عام، ودول منطقة اليورو بوجه خاص.

2 - تحليـل رقمـي لتداعيـات الأحداث الإقليميـة والدوليـة علـى دول منطقة اليورو:

خلَّـف تراكـم تداعيـات الأزمـات المتكـررة التـي عاشـتها منطقـة اليـورو، وخصوصًا الحرب الروسية على أوكرانيا، جملة من الآثار نذكر أهمها فيما يلي[13]:

---

12. وبـاء كورونـا: البنـك المركـزي الأوروبي يواجـه تداعياتـه الاقتصاديـة 750 مليـار يـورو، مـن الموقـع: https://bit.
ly/3OtQfrR

13. Eurostat (2021/2022), euroindicators Report, Eurostat Press Office, available at: https://bit.
ly/3tUiVAF

- سجل النمو الاقتصادي في منطقة اليورو تباطؤًا ملحوظًا في الربع الأول من عام 2022 بلغ 0.2%، مقارنة بالربع الأخير من عام 2021. إذ شهدت ألمانيا وإسبانيا تباطؤًا في النمو بنسبة 0.2% و0.3% على التوالي، وسجل الاقتصاد الفرنسي ركودًا، حيث وصل معدل النمو إلى 0%، وتراجع معدل النمو في إيطاليا ثالث أكبر اقتصاد بالمنطقة إلى 0.2%-.

- سجل معدل التضخم الأوروبي ارتفاعًا غير مسبوق وبلغ 9.9% في سبتمبر2022، بعد أن كان سالبًا في ديسمبر 2020، وبلغ مستويات قياسية في بعض الدول، كما هو الحال في إستونيا24.1% وليتوانيا 22.5% ولاتفيا 22%، وحتى ألمانيا سجلت 12.1% وهولندا 17% واليونان والنمسا 10.4%.

- بعد أن وصل معدل التضخم إلى مستوى قياسي، أعلن البنك المركزي الأوروبي في سبتمبر 2022 إجراء أكبر زيادة في سعر الفائدة في تاريخه، تمّ رفع أسعار الفائدة بمقدار 75 نقطة أساس ليصل معدل الفائدة إلى 1.25%. كما أعلن في يونيو الماضي إنهاء دعمه النقدي للاقتصاد بعد سنوات من شراء السندات[14]،كما رفع البنك سعر الفائدة على الودائع من 0% إلى 0.75%، ورفع سعر الفائدة الرئيسي على إعادة التمويل إلى 1.25%. وتشير التوقعات إلى استمرار رفع أسعار الفائدة مجددًا لكبح التضخم، الذي سيظل مرتفعًا في منطقة اليورو لأمد أكثر طولًا[15].

---

14. البنك المركزي الأوروبي يرفع سعر الفائدة لمستوى تاريخي، https://bit.ly/3tXG99b

15. المركزي الأوروبي يعلن رفعًا غير مسبوق للفائدة بمقدار 0.75%، من الموقع: https://bit.ly/3GKiksW

- سجلت أسعار المواد الغذائية في شهر إبريل 2022 ارتفاعًا بنسبة 6.4%، مقارنة بنسبة ارتفاع بلغت 5% في مارس من نفس العام، بينما سجلت تكلفة السلع الصناعية غير المرتبطة بالطاقة ارتفاعًا بنسبة 3.8% مقارنة بنسبة ارتفاع وصلت إلى 3.4% خلال شهر مارس 2022، كما قفزت تكاليف الخدمات بنسبة 3.3%، بعد ما سجلت 2.7% في الفترة نفسها.

- تجاوز عجز الموازنة العامة في عدد من دول الاتحاد النقدي حد 3% من الناتج المحلي الإجمالي على غرار إيطاليا 7.2%. وتجاوز الدين العام حدود 60% من الناتج المحلي الإجمالي في كل من إيطاليا 150%، واليونان 194%، وإسبانيا 118%، وفرنسا 118% والبرتغال 150%. وهو ما يهدد الوحدة النقدية الأوروبية.

- تراجع سعر صرف اليورو مقابل الدولار إلى أدنى مستوياته منذ أواخر 2002، ليتساوى مع الدولار الأمريكي في 12 ديسمبر 2022، وذلك لأول مرة منذ طرحه للتداول في بداية 2002. كما واصل اليورو الانخفاض إلى ما دون 1 دولار، إذ خسرت العملة الأوروبية الموحدة قرابة 12% من قيمتها منذ مطلع 2022[16].

- بلغ معدل البطالة 6.6% في منطقة اليورو في أغسطس 2022 منخفضًا عما كان عليه في أغسطس 2021 إذ بلغ وقتها 9.0% وسُجِّل أكبر معدل في كل من إسبانيا 12.4% واليونان 12.2%، هذه المعدلات تعكس الصعوبات التي تواجه اقتصادات منطقة اليورو، وخصوصًا أن لهذه المعدلات غير المسبوقة تأثير على الإنفاق العام، ومن ثم على الموازنة العامة لهذه الدول.

---

16. سعر اليورو يهبط إلى ما دون الدولار للمرة الأولى منذ عشرين عامًا، من الموقع: https://bit.ly/3TZVzEf

وتوحـي الأرقـام المذكـورة بـأن منطقـة اليـورو تعيـش أزمـة غيـر مسـبوقة، لا أفـق لحلهـا في الظـروف الراهنـة، وخصوصًـا أن دول المنطقـة تعـاني أزمـة طاقـة وتراجعًـا واضحًـا في القـدرة الشـرائية لم يتعـود عليهـا مواطنـو منطقـة اليـورو، ممـا يسـتوجب الإسـراع في وضـع إطـار لحوكمـة السياسـات الاقتصاديـة لـدول المنطقـة، وإعادة النظر في المؤسسات المشرفة على الاتحاد.

ثالثًـا: إشـكالية تنسـيق السياسـات النقديـة والماليـة لـدول منطقـة اليورو وضرورة تعزيز قواعد الحوكمة:

سـعى مسـؤولو دول منطقـة اليـورو إلى تطويـر إطارٍ للحوكمـة يسـمح بتقريـب السياسـات النقديـة والماليـة وتنسـيقها، مـع احتـرام شـروط الوحدة النقدية الأوروبيـة التـي أقرتهـا معاهـدة ماسـتريخت. وفيمـا يلي نتنـاول الترتيبـات المؤسسـية القائمـة للسياسـات النقديـة والماليـة، مـع تنـاول إسـهام مؤسسـات الاتحاد الأوروبي في دعـم الحوكمـة الاقتصاديـة وفرص قيـادة البنـك المركـزي الأوروبي لهـذه الحوكمـة مستقبلًا.

1 - الترتيبـات المؤسسـية في تنسـيق السياسـات النقديـة والماليـة بمنطقة اليورو:

تتمثـل هـذه الترتيبـات في ترسـيخ اسـتقلالية البنـك المركـزي الأوروبي، ودعـم التنسـيق بيـن السياسـات الاقتصاديـة والترتيبـات الخاصـة بدعـم الحوكمـة في منطقـة اليورو. وتتنـاول النقاط الآتية هذه الترتيبـات على النحو الآتي:

أ-ترسيخ الاستقلالية الكاملة للبنك المركزي الأوروبي وحمايتها لتمكينه من تعزيز قواعد الحوكمة:

تشير المادة السابعة بعد المئة من اتفاقية ماستريخت إلى تمتع النظام الأوروبي للبنوك المركزية (البنك المركزي الأوروبي والبنوك المركزية الوطنية للدول الأعضاء) باستقلالية تامة عن حكومات الدول الأعضاء، وقد تعهد صانعو القرار الأوروبي بمنح درجة كبيرة من الاستقلالية للنظام الأوروبي للبنوك المركزية[17].

وتتجسد درجة استقلالية البنك من خلال المادة السابعة من لائحة النظام الأوروبي للبنوك المركزية التي تؤكد استقلالية البنك المركزي الأوروبي والبنوك المركزية الوطنية وأعضاء هيئاتها، في اتخاذ القرارات وفي ممارسة سلطاتها وتنفيذ واجباتها دون أي ضغوط أو تعليمات من أي دولة من دول الاتحاد. كما تضمن المادة العاشرة، الفقرة الرابعة من اللائحة المذكورة، استقلالية البنك المركزي الأوروبي فيما يخص سرية اجتماعات مجلس محافظي البنك، مما يجنب محافظي البنك أي متابعات. وأشارت المادة 105 الفقرة الثانية إلى تمتع البنك بالاستقلالية في تحديد السياسة النقدية وتنفيذها من خلال اختيار الأدوات المناسبة[18].

وأُنشِئ البنك المركزي الأوروبي في الأول من يونيو عام 1998 ليكون مشرفًا على النظام الأوروبي للبنوك المركزية ومسؤولًا عن السياسية النقدية لدول منطقة اليورو، وبدأ في تنفيذ سياسته النقدية في الأول يناير 1999. وقد حددت اتفاقية ماستريخت من خلال المادة 105 أن هدف تحقيق الاستقرار في

---

17. كمال، منى (ديسمبر 2010)، تجربة الاتحاد النقدي الأوروبي في مجال التنسيق بين السياسة المالية والنقدية، ورقة بحثية رقم 27764، MPRA، ميونيخ، ألمانيا، ص 4، https://bit.ly/3i97G4P

18. سمايلي نوفل (2013)، إشكالية استقلالية البنك المركزي الأوروبي في ظل الأزمات المالية والمصرفية الراهنة، مجلة العلوم الاجتماعية والإنسانية، المجلد 6، العدد 1، جامعة تبسة، الجزائر، ص ص258-259.

الأسعار هـو هـدف رئيسـي للمنظومـة المصرفيـة الأوروبيـة. ويعـدُّ هـذا الهـدف أفضـل مـا يمكـن أن تحققـه السياسـية النقديـة في المنطقـة، لرفـع معـدل النمـو الاقتصـادي واسـتحداث فـرص عمـل جديـدة والرفـع مـن الأجـور ومراعـاة البعـد الاجتماعي[19].

وبالرغـم مـن درجـة الاسـتقلالية التـي يتمتـع بهـا البنـك المركـزي الأوروبـي، وفقًا للتشـريعات المنظمـة لعملـه مقارنـة مـع البنـوك المركزيـة لكبريـات دول العالم، فإنـه لا يتحـرك بمعـزل عـن الضغـوط السياسـية التـي تمارسـها عليـه حكومـات الـدول الأعضـاء. فعـلى سـبيل المثـال يواجـه البنـك المركـزي الأوروبـي تحديًـا أمـام دوره في تحقيـق هـدف اسـتقرار الأسـعار يتمثـل في ارتفـاع معـدلات البطالـة في العديـد مـن دول منطقـة اليـورو، مـما يفـرض ضغوطًـا عـلى البنـك لاتبـاع سياسـة نقديـة توسعية[20].

ولا شـك في أن اسـتقلالية البنـك المركـزي الأوروبـي مـا تـزال مبـدأً أساسـيًا في ضمـان تأديـة مهامـه وسـلامة أدائـه، وأن ضمـان هـذه الاسـتقلالية وحمايتهـا عـلى المـدى الطويـل لا يتحققـان إلا بتعزيـز حوكمـة البنـك، وزيـادة شـفافيته ومسـاءلته. وذلـك لترسـيخ الثقـة بـه بوصفـه مؤسسـة يقـع عـلى عاتقهـا الدفـاع عـن السياسـات النقديـة التـي تضمـن استقرار منطقة اليورو.

ب- التنسـيق بـين السياسـات الماليـة والنقديـة والحـد مـن التعـارض بينها:

إن غيـاب التجانـس المؤسسـي إنمـا يعـود إلى عـدم وضـوح الجهـة الموكل إليهـا إعـداد السياسـة الاقتصاديـة وتنفيذهـا ومنهـا السياسـة الماليـة، بعكـس السياسـة

---

19. European Central Bank (2001), «The Monetary Policy of the ECB», Annex I: Excerpts from the Treaty Establishing the European Community, Frankfurt, Germany, p.93. https://bit.ly/3EWmsET

20. كمال، منى، مرجع سابق، ص 8.

النقديـة التـي أُوكلـت إلـى البنـك المركـزي الأوروبـي. ومـن أهـم التحديـات التـي تواجـه البنـك المركـزي الأوروبـي فـي تنفيـذ مهامـه وتحقيـق أهدافـه هـو عـدم وجـود آليـة للتنسـيق بينـه وبـين صانعـي القـرار الاقتصـادي (حكومـات الـدول الأعضـاء)، مـن خـلال السياسـات الاقتصاديـة (وخاصـة السياسـة الماليـة) التـي مـن شـأنها الحيلولـة دون تحقيـق الهـدف الرئيسـي وهـو المحافظـة علـى اسـتقرار الأسـعار، ومـن ثـم عـدم التحكم في مستوى التضخم، التي حددتها اتفاقية ماستريخت.

أمـام هـذا الوضـع، أصبـح الأمـر لا يبعـث علـى الارتيـاح مـن منظـور الأوروبيين بسـبب التوتـرات المسـتمرة بـين السـلطات النقديـة الأوروبيـة وحكومـات الـدول الأعضـاء، وهـو مـا قـد يـؤدي فـي النهايـة إلـى تقويـض توافـق الآراء بشـأن العملـة الموحدة، ومن ثم إلى تفكك منطقة اليورو[21].

وفـي ظـل التبايـن الواضـح فـي السياسـات الماليـة المتبعـة مـن قبـل دول المنطقـة، أصبـح مـن الصعـب الحـد مـن تعـارض السياسـة النقديـة الموحـدة والسياسـات الماليـة المتعـددة لـدول الاتحـاد، فـي وقـت يمتلـك فيـه البنـك المركـزي الأوروبـي القليـل مـن الأدوات التـي تمكنـه مـن الضغـط علـى الحكومـات لانتهـاج سياسـات اقتصاديـة رشـيدة. لذلـك يقتـرح بعـض الخبـراء اسـتحداث آليـة لتنسـيق السياسـات الماليـة للمحافظـة علـى اسـتقرار الأسـعار، فيمـا يقتـرح البعـض الآخـر تنـازل البنـك المركـزي الأوروبـي عـن اسـتقلاليته فـي تحديـد الأهـداف مـن خـلال عقـد اتفـاق مـع البرلمـان الأوروبـي، يتعهـد بموجبـه تحقيـق معـدل تضخـم مسـتهدف مـع تعرضه للمساءلة في حالة إخفاقه في تحقيق ذلك الهدف[22].

واقتـرح الأكاديمـي السـويدي «لارس كالمفـورس» تشـكيل لجنـة للسياسـة الماليـة تتمتـع بالاسـتقلالية تحـت إشـراف المجلـس الأوروبـي، تسـتخدم أدوات السياسـة

---

21. لوكريزيا رايكلين، أمريكا وأوروبا وأزمة حوكمة البنوك المركزية، من الموقع: https://bit.ly/3GEiBO4

22. كمال، منى، مرجع سابق، ص9.

المالية لتنسيق السياسات المالية للدول الأعضاء قصد تحقيق الاستقرار الاقتصادي لمنطقة اليورو، حتى تكون هذه السياسات منسجمة ومتكاملة مع السياسة النقدية التي يشرف عليها البنك المركزي الأوروبي، بحيث تكون هذه اللجنة مكملة لإطار التنسيق المعتمد عليه والمتمثل في «ميثاق الاستقرار والنمو»[23].

وبناءً على ذلك، فإن ضعف التنسيق بين السياسة النقدية والسياسة المالية، وحتى التعارض في بعض الأحيان، وعدم وجود سلطة فوق وطنية تتولى تنسيق السياسات المالية للدول الأعضاء، يتطلب توسيع صلاحيات البنك المركزي الأوروبي؛ إذ إن التحديات الحالية تختلف تمامًا عن التحديات التي أبرمت فيها معاهدة ماستريخت منذ ثلاثة عقود، والتي حددت مهام البنك المركزي ومعايير الانضمام إلى الاتحاد النقدي.

ت- ترتيبات خاصة بوضع آليات ومواثيق لتحقيق الاستقرار وتعزيز الحوكمة الاقتصادية:

بالرغم من وجود ميثاق الاستقرار والنمو المعتمد منذ 1997، الذي يعد بمثابة ركيزة أساسية لوضع خطوط إرشادية واضحة لتنسيق السياسات الاقتصادية لدول الاتحاد، فقد أقرت المادة 99 من معاهدة ماستريخت بضرورة تحقيق تنسيق أكبر بين السياسات الاقتصادية والتقارب المستمر بين الدول الأعضاء في إطار المعايير التي أقرتها المعاهدة، كما أعطت المعاهدة قوى السوق دورًا كبيرًا في إرساء الانضباط وتعزيزه، من خلال استحداث شرط عدم الإنقاذ. وللحفاظ على انضباط المالية العامة، وقعت الدول الأعضاء على اتفاقية الاستقرار والنمو في عام 1997[24].

23. Calmfors, Lars (2003), «Fiscal policy to stabilize the Domestic Economy in the EMU», CESifo Economic Studies, Vol 49, N°3, Oxford Academic, pp.319-353. https://bit.ly/3EYQpo1

24. مقدم رضا (مارس 2014)، الطريق إلى التكامل في أوروبا، مجلة التمويل والتنمية، صندوق النقد الدولي، واشنطن، ص 10.

وبعـد ظهـور بعـض النقائـص في اتفـاق الاسـتقرار والنمـو، تـم تعديـل لوائحـه في عـام 2005، ومـع ذلك لـم يكـن تنفيـذ بنـوده مناسبًا؛ مـا أدى إلى اختـلالات ماليـة في بعـض دول الاتحـاد، والتـي ظهـرت للعلـن بعـد حـدوث الأزمـة الماليـة العالميـة لعـام 2008، وهـو مـا دفـع ببعـض الاقتصاديـين إلى الدعـوة إلى ضرورة إنشـاء آليـة تتـولى تنسـيق السياسـات الماليـة في إطار ميثـاق الاسـتقرار والنمـو. وفي هـذا الإطار فقد تم تعزيز قواعد للحوكمة الاقتصادية في منطقة اليورو من خلال الآتي[25]:

- القانــون الســداسي الفقــرات الــذي أســس نظــام مراقبـة السياسـات الاقتصادية للدول الأعضاء؛

- القانون الثنائي وهو آليـة مراقبـة جديـدة لمنطقـة اليـورو، تعـرض فيهـا موازنات دول الاتحاد على المفوضية الأوروبية كل خريف؛

- اتفاقيـة الاسـتقرار والتنسـيق والحوكمـة أو مـا يطلـق عليهـا «اتفاقيـة الانضبـاط المـالي» الموقعـة في 2 مـارس 2012، وهـي اتفاقيـة ماليـة دخلـت حيـز التنفيـذ في بدايـة يناير2013، تـم بموجبها اتخـاذ مجموعة مـن القـرارات الماليـة أكثر صرامةً مـن تلك التـي تضمنها اتفاق النمو والاسـتقرار. وتعهـدت الاتفاقيـة بفـرض عقوبـات ورفـع دعـوى ضـد أي دولـة لا تلتـزم بخفـض الديـون والعجـز في موازنتها، أو يرفـض برلمانها إقـرار اتفاقيـة الانضبـاط المـالي، وحرمـان أي عضـو في الاتحـاد لا يصـادق علـى الاتفاقيـة مـن المسـاعدات الماليـة المقدمـة عـبر الآليـة الأوروبيـة للاستقرار المالي[26].

---

25. ميثاق الاستقرار والنمو الأوروبي: ما هو، وماذا يتضمن؟، من الموقع: https://bit.ly/3UaiahO

26. اتفاقية الانضباط المالي. خيار أوروبا للتعافي، من الموقع: https://www.aljazeera.net/ebusiness/2012/6/1

كـما تـم إنشـاء الاتحـاد المصرفي الأوروبي بتاريـخ 29 يونيـو 2012 لتحويـل السياسـة المصرفيـة مـن المسـتوى الوطنـي إلى المسـتوى الأوروبي. وقـد سـبق ذلـك اسـتحداث الآليـة الأوروبيـة للاسـتقرار المـالي (MEFS) بتاريـخ 10 مايـو 2010 لمواجهـة أزمـة الديـون السـيادية، وهـو برنامـج تمويلـي طـارئ يهـدف إلى تحقيـق الاسـتقرار المـالي مـن خـلال تقديـم المسـاعدة الماليـة للـدول الأعضـاء التـي تعانـي صعوبات مالية.

وفي ظـل تـوالي الأزمـات، تُجمـع الآراء عـلى أن تعزيـز الحوكمـة أصبـح شرطًـا أساسـيًا لتنسـيق السياسـات الماليـة والنقديـة في منطقـة اليـورو واقتسـام المخاطـر الماليـة بـين الـدول الأعضـاء[27]، وهـذا يسـتدعي إطـار حوكمـة جديـدًا، سـيكون تحقيقـه أمـرًا صعبًـا للغايـة بسـبب اختـلاف الآراء وتعـارض المصالـح بـين دول المنطقة.

2 - إسهام مؤسسات الاتحاد الأوروبي في دعم الحوكمة الاقتصادية بمنطقة اليورو:

إن الطريـق إلى تحسـين الحوكمـة الاقتصاديـة في منطقـة اليـورو، مثلما ذكـر كارلـو سـيتشي العضـو السـابق في الاتحـاد الأوروبي، يمـر مـن خـلال المؤسسـات السياسـية والتشريعيـة للاتحـاد الأوروبي، وهـذا يفـترض تعزيـز دور البرلمـان الأوروبي والمفوضيـة الأوروبيـة والمؤسسـات الأخرى وإلغـاء سـلطة الفيتـو في المجلـس الأوروبي. إذ إن الطـرح القائـل بـأن تقويـة المؤسسـات الأوروبيـة سـوف يقلـل مـن السـيادة الوطنيـة لـدول المنطقـة يبـدو ضعيفًـا لسـبب بسـيط؛ وهـو أن السـيادة في عـصر العولمة تبدو شيئًـا ظاهريًـا حسـب كارلو سيتشي[28].

---

27. مقدم رضا، مرجع سابق، ص13

28. تعزيز القيادة مع تعزيز التكاملية الأوروبية، من الموقع: https://bit.ly/3Ew3ILe

ولقد تناولـت اتفاقيـة الاسـتقرار والتنسـيق والحوكمـة، في البـاب الرابـع الـذي جـاء بعنوان حوكمـة منطقـة اليورو (المـادة 12 والمـادة 13)، ضرورة التنسـيق بـين هيئـات الاتحـاد الأوروبـي لتحقيـق الانسـجام والتقـارب بـين دول الاتحـاد؛ مـا يتطلب توسيع صلاحيات الهيئـات والمؤسسـات المشرفة عـلى الاتحاد الاقتصادي والنقـدي لإرسـاء أسـس الحوكمـة ومبادئهـا المتمثلة خاصـة في المحاسبة، والمسـاءلة، والإفصـاح والشـفافية ومراعـاة جميـع الأطـراف أصحـاب المصلحـة. ومـن أهـم الهيئـات والمؤسسـات الأوروبيـة التـي يمكـن أن تسـهم في تعزيـز قواعـد الحوكمـة نذكر:

2-1 برلمان الاتحاد الأوروبي:

يعـدُّ مـن أهـم مؤسسـات الاتحـاد، ويتكـون مـن 751 عضـوًا يمثلـون نحـو 450 مليـون نسـمة في 27 دولـة، وتـم تأسيسـه بموجب معاهدة روما في عام1957، ويسـتمد شرعيتـه مـن الاقتراع العام المباشر الـذي يصوت فيه مواطنـو الاتحاد، وينتخبـون ممثليهـم لمـدة 5 سـنوات. وقـد زادت معاهدتـا ماسـتريخت ولشبونة البرلمـان الأوروبي قـوةً في التأثـير، إذ أصبـح يقـوم بـدور مماثـل لـدور البرلمانـات الوطنيـة، كـما اسـتفاد مـن صلاحيـات أوسـع بموجـب معاهـدة لشـبونة الموقعـة بــــ 13 ديسـمبر 2007 في ممارسـة سـلطته التشريعية ومسـاءلة الهيئـات الأوروبية في الجوانب السياسية والاقتصادية والأمنية. ومن أبرز مهماته[29]:

-   الاشـتراك مـع مجلـس الاتحـاد الأوروبـي في ممارسـة السـلطة التشريعيـة مـن خـلال التصديـق عـلى القوانيـن الأوروبيـة مـن الهيئـات التنفيذيـة الأوروبية؛

---

29. حسن الشاغل، نشأة الاتحاد الأوروبي، من الموقع: https://bit.ly/3UQzpVo

- يـشـرف عـلـى أعـمـال مجلس الاتحـاد الأوروبي، ويمتلـك حـق حجـب الثقـة عـن مجلس الاتحـاد، كـما يمـارس الإشراف السـياسي عـلـى كل مؤسسات الاتحاد.

2-2 المفوضية الأوروبية:

تأسسـت في 16 ينايـر 1958، وهـي جهـاز تنفيـذي يسـهر عـلـى المصالـح العامة للاتحـاد الأوروبي، وهـي عبـارة عـن حكومـة وزاريـة تضـم 27 عضـوًا، مُلزَمين بالقسـم الـذي يقتـضي منهـم تمثيـل المصلحـة العامـة للاتحـاد، ومـن مهامهـا حسب المادة 17 من معاهدة الاتحاد الأوروبي[30]:

- الإشراف عـلـى تنفيـذ التشريعـات الصـادرة عـن كل مـن البرلمان والمجلس الأوروبي، كـما تـشرف عـلـى الميزانيـة والبرامـج التـي يوافـق عليهـا البرلمان؛

- تسـهر بمعيـة محكمـة العـدل الأوروبيـة عـلـى التطبيـق السـليم للاتفاقيات والمعاهدات المبرمة؛

- تمثيل الاتحاد الأوروبي والتفاوض نيابة عنه في الاتفاقيات الدولية.

وقـد أبـدت المفوضيـة نيتهـا في إنشـاء وكالـة لمكافحـة غسل الأمـوال بعـد فضائـح عـدة تورطـت فيهـا بنـوك تنشـط في الفضـاء الأوروبـي، وستكون الوكالـة مسـؤولة بشـكل خـاص عـن الإشراف والتنسـيق مـع السـلطات الوطنيـة في مكافحـة غسـل الأمـوال وتمويل الإرهـاب، ومـن المتوقع أن تبـدأ الوكالة نشـاطها مـع بدايـة عام 2024[31].

---

30. حسن الشاغل، المرجع السابق، من الموقع نفسه.

31. محكمـة العـدل الأوروبيـة: لا حصانـة لأعضـاء مجلس إدارة البنـك المركـزي في حـال ثبـوت مخالفـات، مـن الموقع:
https://bit.ly/3EqjKWE

2-3 مجلس الاتحاد الأوروبي:

هـو ثالـث مؤسسـات الاتحـاد الأوروبـي السـبع، وهـو واحـد مـن ثـلاث هيئـات تشـريعية، يعمـل بالتنسـيق مـع البرلمـان الأوروبـي عـلى الموافقـة أو تعديـل مقـترحات المفوضيـة الأوروبيـة، ولـه سـلطة أقـوى مـن البرلمـان عـلى المجـالات الحكوميـة الدولية وتنسيق الاقتصاد الكلي. ومن أبرز مهامه[32]:

- العمـل عـلى تنسـيق السياسـات الاقتصاديـة مـا بـين الـدول الأعضـاء، بـما فيها دول منطقة اليورو؛

- إبـرام الاتفاقيـات مـع دولـة أو مجموعـة دول أو منظـمات دوليـة نيابـة عن الاتحاد؛

- الاشـتراك مـع البرلمـان في ممارسـة السـلطة الماليـة والإشـراف عـلى ميزانيـة الاتحاد ومراقبتها؛

2-4 محكمة العدل الأوروبية:

وهـي جهـاز قضـائي يـشرف عـلى احـترام تطبيـق الاتفاقيـات والقوانـين الخاصـة بالاتحـاد، تتكـون مـن27 قاضيًـا (قـاض واحـد مـن كل دولـة عضـو في الاتحـاد) ممـن يُشـهَد لهـم بالكفـاءة والخـبرة في المجـال التشريعـي والقانـوني. إذ يقـوم مجلـس الاتحـاد الأوروبـي باختيـار أعضـاء المحكمـة بنـاء عـلى ترشيحـات الـدول الأعضـاء، ويتـم اختيـار رئيـس للمحكمـة لمـدة ثـلاث سـنوات قابلـة للتجديـد. وتتـولى المحكمـة النظـر في مسـائل تفسـير الاتفاقيـات والمعاهـدات الدوليـة التـي يبرمهـا الاتحـاد، والفصـل في المنازعـات بـين الـدول الأعضـاء، وكذلـك الفصـل في الطعـون

---

32. سليم الحشاش، مراحل تطور الاتحاد الأوروبي 1950-2014، موقع الحوار المتمدن، 29 مارس 2022
https://www.ahewar.org/debat/ show.ar.asp?aid=71400 .

المقدمـة إليهـا، سـواء مـن البرلمـان أو البنـك المركـزي الأوروبي أو مجلـس مراقبـة الحسـابات، كـما تقـوم بالفصـل في الطعـون المقدمـة مـن الأشـخاص الطبيعيـين والمعنويـين. وهـذا الإجـراء يرسّـخ قواعـد الحوكمـة المتمثلـة في المسـاءلة والمحاسـبة وتعـارض المصالـح والإفصـاح عـن المعلومـات المتعلقـة بالسياسـة النقديـة للبنـك وإتاحتها لكل مَنْ له مصلحة عبر كل الوسائل المختلفة.

3 - قيـادة البنـك المركـزي الأوروبي في تعزيـز قواعـد الحوكمـة بمنطقـة اليورو:

يمكـن للبنـك المركـزي الأوروبي قيـادة قاطـرة حوكمـة الإصلاحـات الاقتصاديـة بوصفـه مؤسسـة إجـماع الأوروبيـين، نظـرًا إلى المكانـة التـي يحظـى بهـا والمهـام المكلـف بهـا والاسـتقلالية التـي يتمتـع بهـا، والتـي تمكنـه ليـس فقـط مـن حوكمـة السياسـة النقديـة[33]، وإنمـا أيضًـا مـن حوكمـة السياسـة الاقتصاديـة وتوجيههـا في دول الاتحاد الاقتصادي والنقدي الأوروبي من خلال[34]:

- المسـاءلة وتأكيـد نزاهـة البنـك، إذ إن مثـول كبـار مسـؤولي البنـك أمـام سـلطة عامـة للإبـلاغ عـن إدارة السياسـة النقديـة، وشرح هـدف أو أهـداف البنـك المركـزي في شـأن السياسـة النقديـة، وخاصـة أن البنـك يتمتع بدرجة عالية من الاستقلالية؛

- الإفصـاح للجمهـور عـن البيانـات الماليـة بشـكل دوري؛ وذلـك في قيـام البنـك بالإفصـاح عـن البيانـات الماليـة الخاصـة بالعمليـات التـي يقـوم بهـا وفـق برنامـج زمنـي يعلـن عنـه مسبقًـا، مـع إتاحتهـا عـبر الوسـائل المختلفة لكل من له مصلحة؛

---

33. Scheller, K. Hanspeter (2004), «The European Central Bank: History, Role and Functions», European Central Bank, Frankfurt, Germany, pp.153-160, available at:https://bit.ly/3GJUrBN

34. حوكمة البنوك المركزية، من الموقع:https://bit.ly/3Xr8ceA

- الإفصاح عن الإجراءات التنظيمية والإدارة الداخلية اللازمة لضمان سلامة العمليات ونزاهتها، بما في ذلك ترتيبات المراجعة الداخلية للحسابات؛

- الإفصاح للجمهور عن قواعد منع استغلال المصالح وتعارضها، وعن المعلومات المتعلقة بالحماية القانونية التي يتمتع بها مسؤولو البنك وموظفوه خلال قيامهم بواجباتهم الرسمية.

وبرغم المكانة المهمة للبنك المركزي الأوروبي، فإن دوره في التنسيق مع السياسات المالية يظل التحدي الأكبر أمام عمله للإسهام في تحقيق الاستقرارين المالي والنقدي في المستقبل المنظور.

خاتمـــة:

من خلال دراستنا لموضوع قواعد الحوكمة وأثرها في تنسيق السياسات المالية والنقدية لدول منطقة اليورو، يمكن التوصل إلى الاستنتاجات الآتية:

- بالرغم من استيفاء دول منطقة اليورو لشروط التقارب بين مؤشرات الاقتصاد الكلي التي أقرتها معاهدة ماستريخت، فإنه لا يمكن المقارنة بين اقتصاديات دولتين كبريين كألمانيا وفرنسا واقتصاديات دولتين محدودتي الإمكانيات كلاتفيا وإستونيا، وهذا ما أدى إلى انعكاس الأزمات المتتالية بدرجة أكبر على اقتصاديات دول البلطيق، ما أسهم في زعزعة الاستقرار النقدي والمالي في المنطقة.

- يتضح من الواقع أن معاهدة ماستريخت مثلت تجسيدًا لفكرة الحتمية التاريخية، فعندما تم التوقيع عليها في عام 1992 كانت التحديات الاقتصادية في ذلك الوقت مختلفة تمامًا عن التحديات في الوقت الراهن. إذ أجمعت الآراء آنذاك على أن وجود قواعد مالية وبنك مركزي مستقل بصلاحيات محددة، يكفي لتحقيق الاستقرار الاقتصادي.

- إن الجدل القائم المتعلق بتحسين الحوكمة الاقتصادية في منطقة اليورو يلقي الضوء على ضعف النظام المعمول به، إذ إن قيام اتحاد نقدي دون شيء مماثل في الجانب المالي (النظام الضريبي، نظام الأجور والمعاشات والحماية الاجتماعية) لا يمكن استدامته

على المـدى الطويـل، وقـد تبـين ذلـك بعـد مـرور عقديـن مـن تبـني العملة الموحدة، وهو ما أثبت عدم صحته فيما بعد.

- أصبحت دول منطقـة اليـورو في ظل الأحداث الأخيرة ملزمةً بالبحـث عـن صيغـة توافقيـة مـن شـأنها تعزيـز الاندمـاج الداخـلي، والقيـام بإصلاحـات هيكليـة عميقـة، تخص المؤسسـات المشرفة على الاتحـاد أو على السياسات النقدية والمالية المتبعة.

وبنـاءً عـلى النتائـج المتوصـل إليهـا، سـيكون عـلى منطقـة اليـورو العمـل على:

- إعـادة النظـر في مضمـون اتفاقيـة ماسـتريخت التـي أسـست لقيـام الاتحـاد الاقتصـادي والنقـدي الأوروبي، خاصـة فيمـا يتعلـق بمهام البنـك المركـزي الأوروبي وسـلطته ومعايـير التقـارب النقـدي والمـالي، مـع تشديد ضوابط الانضمام إلى الوحدة النقدية الأوروبية؛

- ضرورة إيجـاد آليـة لتنسـيق السياسـات الماليـة الوطنيـة ودعمهـا للسياسة النقدية لمواجهة التحديات الاقتصادية الراهنة؛

- ضرورة وضـع إطار أو ميثـاق لحوكمـة السياسـة الاقتصاديـة المتبعـة مـن دول منطقـة اليـورو، يتضمـن حوكمـة السياسـة النقديـة والسياسـات المالية، ويعمل على تحقيق الانسجام بينها.

إن أهميـة الاسـتنتاجات والسياسـات السـابقة تنبـع مـن أهميـة التكامـل والتنسـيق بـين السياسـات الاقتصاديـة في منطقـة اليـورو، ليـس فقـط للـدور الحاسـم لهـذا التكامـل والتنسـيق في الوصـول إلى حالـة الاسـتقرار النقـدي والمـالي المنشـودة عـلى الأجـل المنظـور، بـل هـي مهمـة كذلـك لسلامة عمـل منطقـة اليـورو واستمراره والمحافظة على التكامل القائم فيما بينها في المستقبل الطويل الأجل.

قائمة المراجع

العربية:

- اتفاقيــة الانضبــاط المــالي. خيــار أوروبــا للتعــافي، مــن الموقــع:
  https://www.aljazeera.net/ebusiness/2012/6/1

- بنــك الإسـكندرية (2012)، أزمــة منطقــة اليــورو: التحــول مــن وهـج
  الانتصـار إلى مخاطــر الانهيــار، العــدد 1، المجلــد 62، مطابـع الأهــرام،
  القاهرة.

- البنــك المركــزي الأوروبي يرفــع ســعر الفائــدة لمسـتوى تاريخــي، مــن
  الموقع: https://bit.ly/3tXG99b

- بنــك مــصر (1997)، الوحــدة النقديــة الأوروبيــة (النشــأة، المراحــل
  والمستقبل)، النشرة الاقتصادية، العدد 1، القاهرة.

- بنــك مــصر (1999)، العملــة الأوروبيــة الموحــدة: النشــأة ومراحــل
  التطبيــق والآثــار المتوقعــة عــلى الاقتصــاد الـدولي والمـصري، النـشرة
  الاقتصادية، العدد 7، القاهرة.

- تعزيــز القيــادة مع تعزيــز التكامليــة الأوروبيــة، مــن الموقــع: https://
  bit.ly/3Ew3ILe

- حسـن الشــاغل، نشأة الاتحـاد الأوروبي، مــن الموقـع: https://bit.
  ly/3UQzpVo

- حوكمة البنوك المركزية، من الموقع: https://bit.ly/3Xr8ceA

- ديـش، فاطيمـة الزهـرة (2019)، تنسـيق السياسـات النقديـة والماليـة في منطقـة الاتحـاد النقـدي الأوروبـي: دراسـة حالـة أزمـة الديـن السـيادي، مجلة البشائر الاقتصادية، المجلد 5، العدد 3، جامعة بشار، الجزائر.

- سـعر اليـورو يهبـط إلى مـا دون الـدولار للمـرة الأولى منـذ عشريـن عامًا، من الموقع: https://bit.ly/3TZVzEf

- سـليم الحشـاش، مراحـل تطـور الاتحـاد الأوروبي1950-2014، موقـع الحـوار المتمـدن، 29 مـارس 2022، مـن الموقـع: .https://bit ly/3UQzpVo show.ar.asp?aid=7140

- سـمايلي، نوفـل، (2013)، إشـكالية اسـتقلالية البنـك المركـزي الأوروبي في ظـل الأزمـات الماليـة والمصرفيـة الراهنـة، مجلـة العلـوم الاجتماعيـة والإنسانية، المجلد 6، العدد 1، جامعة تبسة، الجزائر.

- صـارم، سـمير، (1999)، اليـورو (دمشـق: دار الفكر المعـاصر للطباعـة والنشر والتوزيع).

- كـمال، منـى، (ديسـمبر 2010)، تجربـة الاتحـاد النقـدي الأوروبي في مجـال التنسـيق بـين السياسـة الماليـة والنقديـة، ورقـة بحثيـة رقـم 27764، MPRA، ميونيخ، ألمانيا، من الموقع: https://bit.ly/3i97G4P

- لوكريزيـا، رايكلـين، أمريـكا وأوروبا وأزمـة حوكمـة البنـوك المركزيـة، من الموقع: https://bit.ly/3GEiBO4

- محكمـة العـدل الأوروبيـة: لا حصانـة لأعضـاء مجلس إدارة البنـك

المركــزي في حــال ثبــوت مخالفــات، مــن الموقــع: .https://bit
ly/3EqjKWE

- المركـزي الأوروبي يعلـن رفعًـا غـير مسـبوق للفائـدة بمقـدار 0.75%، مـن
الموقع: https://bit.ly/3GKiksW

- مـزاني، ياسـينة راضيـة، (أبريـل 2019)، الانسـحاب البريطـاني مـن الاتحاد
الأوروبي: الدوافـع والانعكاسـات، مجلـة العلـوم السياسـية والقانونيـة،
المجلد 10، العدد 1، جامعة الوادي، الجزائر.

- مغـاوري، شـلبي، (2000)، اليـورو.. الآثار عـلى اقتصـاد البلـدان العربيـة
والعالم (القاهرة: مكتبة زهراء الشرق).

- مقـدم، رضـا، (مـارس 2014)، الطريـق إلى التكامـل في أوروبـا، مجلـة
التمويل والتنمية، صندوق النقد الدولي، واشنطن.

- ميثـاق الاسـتقرار والنمـو الأوروبي: مـا هـو وماذا يتضمـن؟ مـن الموقـع:
https://bit.ly/3UaiahO

- وبـاء كورونـا: البنـك المركـزي الأوروبي يواجـه تداعياتـه الاقتصاديـة 750
مليار يورو، من الموقع: https://bit.ly/3OtQfrR

الأجنبية:

- Calmfors, Lars, (2003), «Fiscal policy to stabilize the
Domestic Economy in the EMU», CESifo Economic
Studies, Vol 49, N°3, Oxford Academic, pp.319-353. https://
bit.ly/3EYQpo1

–   Dévoluy, Michel, (1996), L'Europe monétaire du SME, la monnaie unique, Paris: Edition Hachette.

–   European Central Bank, (2001), «The Monetary Policy of the ECB», Annex I: Excerpts from the Treaty Establishing the European Community, Frankfurt, Germany, p.93.https://bit.ly/3EWmsET

–   Eurostat, (2021/2022), euroindicators Report, Eurostat Press Office, available at: https://bit.ly/3tUiVAF

–   Scheller, K. Hanspeter, (2004), «The European Central Bank: History, Role and Functions», European Central Bank, Frankfurt, Germany, pp.153-160, available at: https://bit.ly/3GJUrBN

نبذة عن المؤلف

الدكتـور محمـد زيـدان، حاصـل عـلى درجـة دكتـوراه دولـة في العلـوم الاقتصادية مـن جامعـة الجزائـر سنة 2005 بتقديـر امتيـاز، وعـلى درجـة الأستاذية سـنة 2012، وهـو أسـتاذ جامعـي وباحـث في كليـة العلـوم الاقتصاديـة والتجاريـة وعلوم التسيير، بجامعة الشلف - الجزائر.

نشر مجموعـة مـن الكتـب البيداغوجيـة [أسـس التدريـس والتربيـة]، وأكـثر مـن أربعـين بحثًـا علميًـا في مجـلات علميـة متخصصـة، وشـارك في الكثير مـن المؤتمرات العلميـة الدوليـة، وأشرف عـلى العديـد مـن رسـائل الماجستير وأطروحات الدكتـوراه، كـما شـغل مناصـب إداريـة وعلميـة عـدة، منهـا إدارة مشروعـات بحثيـة وطنيـة معتمـدة مـن وزارة التعليـم العـالي والبحـث العلمـي، وقـد عمـل خبـيرًا في الـوزارة نفسـها، ورئيسًـا للمجلـس العلمـي للكليـة التـي يعمـل فيهـا، وعضـوًا في الهيئـات العلميـة لمجـلات علميـة عـدة داخـل الجزائـر وخارجهـا، درّس د. زيـدان العديـد مـن الوحدات البيداغوجية في الاقتصاد والمالية لمستويات الماجستير والدكتوراه.

تمتـد خبرتـه في التعليـم العـالي عـلى مـدى خمسـة وثلاثـين عامًـا، ولـه اهتمامات بحثية في المالية الدولية، والحوكمة والصيرفة الإسلامية.